Owen

Kevin Henkes

*Premio Caldecott al libro infantil
mejor ilustrado de los Estados Unidos*

EDITORIAL EVEREST, S. A.

PARA WILL

Título original: *Owen*

Traducción: Mª Luz Castela Gil-Toresano

SEGUNDA EDICIÓN

© 1993 by Kevin Henkes
© 1998 EDITORIAL EVEREST, S. A., para la edición española
Carretera León-La Coruña, km. 5 - LEÓN
ISBN: 84-241-3363-3
Depósito Legal: LE. 985-2001
Printed in Spain - Impreso en España

EDITORIAL EVERGRÁFICAS, S. L.
Carretera León-La Coruña, km. 5
LEÓN (España)

O wen tenía una mantita amarilla
con mucha pelusilla.

La tenía desde que era un bebé.

La quería con toda su alma.

—Pelusilla va adonde yo vaya —decía
Owen.

Y así era.

Al piso de arriba, al de abajo, al del
medio.

Cuando estaba dentro o fuera o incluso
boca abajo.

—A Pelusilla le gusta lo que a mí me gusta
—decía Owen.

Y así era.

El zumo de naranja, el de uva, la leche
con chocolate.

El helado, la mantequilla de cacahuetes
y el pastel de manzana.

—¿No es un poco mayor ya para llevar esa cosa a todas partes? —preguntó un día la señora Tweezers—. ¿No han oído hablar del Hada de la Manta?

Los padres de Owen negaron con la cabeza.

La señora Tweezers los puso al día.

Esa noche los padres de Owen le dijeron
que pusiera a Pelusilla debajo de la almohada.

Por la mañana Pelusilla ya no estaría, pero
el Hada de la Manta le dejaría en su lugar un
regalo para un ratoncito ya mayor. Sería
un regalo absolutamente maravilloso,
realmente perfecto y especialmente fabuloso.

Owen se guardó a Pelusilla en los
pantalones del pijama y se fue a dormir.

—No ha venido el Hada de la Manta
—dijo Owen por la mañana.

—¡No me digas! —exclamó su madre.

—¡No me extraña! —respondió su padre.

—Pelusilla está sucia —dijo la mamá
de Owen.

—Pelusilla está gastada y rota —le dijo
el papá.

—No —respondió Owen—. Pelusilla es
perfecta.

Y Pelusilla lo era.

Pelusilla jugaba con Owen a ser
Superratón.

Pelusilla lo ayudaba a ser invisible.

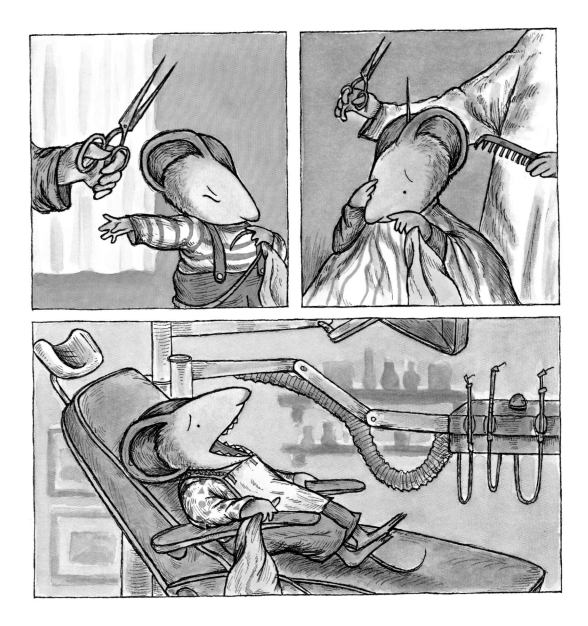

Pelusilla siempre estaba a su lado cuando
había que cortarse las uñas, el pelo o ir al
dentista.

—No puede seguir siendo siempre un bebé —decía la señora Tweezers—. ¿No han oído hablar del truco del vinagre?

Los padres de Owen negaron con la cabeza.

La señora Tweezers les explicó todo.

En una ocasión, cuando Owen no estaba
mirando, su padre untó con vinagre la punta
de Pelusilla que más le gustaba a Owen.

Owen la olió una y otra vez.
Y decidió que elegiría otra punta.

Entonces restregó la punta que olía mal
por todo el cajón de arena, la enterró en el
jardín y la desenterró después.

—¡Como nueva! —exclamó Owen.

Pelusilla ya no tenía casi pelusilla.

Pero a Owen no le importaba.

La llevaba siempre con él.

Se cubría con ella.

Y la arrastraba por todas partes.

La chupaba.

La abrazaba.

Y la retorcía.

—¿Qué vamos a hacer? —preguntó la mamá de Owen.

—La escuela va a empezar pronto —comentó el papá.

—No puede llevar una manta a la escuela —afirmó la señora Tweezers—. ¿No han probado a decir "no"?

Los padres de Owen negaron con la cabeza.

La señora Tweezers se lo explicó.

—*Tengo* que llevar a Pelusilla a la escuela —dijo Owen.

—No —respondió su madre.

—No —contestó su padre.

Owen ocultó la cara en Pelusilla.

Empezó a llorar sin parar.

—No te preocupes —lo consoló su madre.

—Todo se arreglará —lo animó su padre.

Y de repente su mamá dijo:

—¡Tengo una idea!

Era una idea absolutamente maravillosa,
realmente perfecta y especialmente fabulosa.

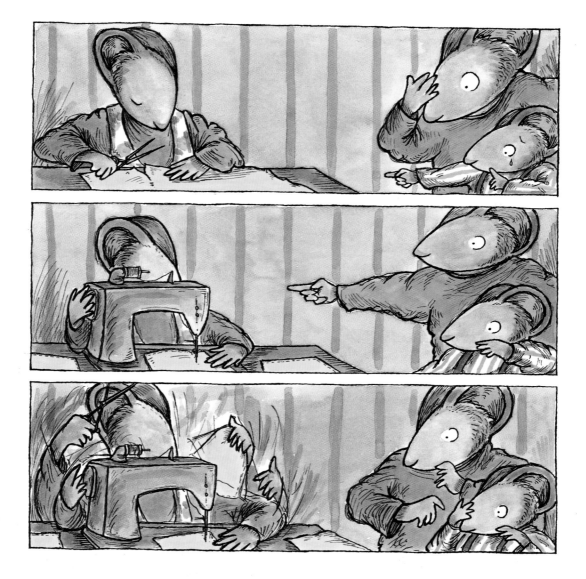

La madre de Owen empezó a cortar.

Y luego a coser.

Entonces cortó de nuevo y cosió
un poquito más.

Corta, corta, corta.

Cose, cose, cose.

¡Sécate las lágrimas!

¡Suénate la nariz!

¡Bravo, bravo, bravo!

Ahora Owen lleva siempre uno de sus
nuevos pañuelos adondequiera que va…

Y la señora Tweezers ya no tiene nada que decir.

C.1